李商隱詩集卷下

正月十五夜聞京有燈恨不得觀

月色燈光滿帝都香車寶輦隘通衢身閑不
覩中興盛羞逐鄉人賽紫姑

贈趙協律晳

俱識孫公與謝公二年歌哭處皆同已叨鄒
馬聲華末更共劉盧族望通（愚與趙俱出今吏部相公門下又同爲故尚書安平公所知復皆是安平公表姪）南省恩深賓館在東山
事往妓樓空不堪歲暮相逢地我欲西征君
又東

摇落

摇落傷年日羇留念遠心水亭吟斷續月幌
夢飛沉古木含風久踈螢怯露深人閑始遥
夜地迥更清碪結愛曾傷晚端憂復至今未
諳滄海路何處玉山岑灘激黄牛暮雲屯白
帝陰遥知霑洒意不減欲分襟

滞雨

滞雨長安夜殘燈獨客愁故鄉雲水地歸夢
不宜秋

偶題二首

小亭閑眠微醉消小榴海栢枝相交水文簟上琥珀枕傍有墮釵雙翠翹

其二

清月依微香露輕曲房小院多逢迎春叢定是饒栖夜飲罷莫持紅燭行

月

過水穿樓觸處明藏人帶樹遠含清初生欲缺虛惆悵未必圓時即有情

夜冷

樹遶池寬月影多村碪嶋笛隔風蘿西亭翠被餘香薄一夜將愁向敗荷

正月崇讓宅

密鎖重關掩綠苔廊深閣迥此徘徊先知風起月含暈尚自露寒花未開蝙拂簾旌終展轉鼠翻窗網小驚猜背燈獨共餘香語不覺猶歌夜起來

城外

露寒風定不無情臨水當山又隔城未必明時勝蜯蛤一生長共月虧盈

撰彭陽公誌文畢有感

延陵留表墓峴首送沉碑敢伐不加點猶當
無媿辞百生終莫報九死諒難追待得生金
後川原亦幾移

北青蘿

殘陽西入崦茅屋訪孤僧落葉人何在寒雲
路幾層獨敲初夜磬閑倚一枝藤世界微塵
裏吾寧愛與憎

戲贈張記書

別館君孤枕空庭我閉關池光不受月野氣
欲沉山星漢秋方會關河夢幾還危絃傷遠

道明鏡惜紅顏古木含風久平蕪盡日閑心
知兩愁絕不斷若尋環

幽人

丹竈三年火蒼崖萬歲藤樵歸說逢虎碁罷
正留僧星斗同秦分人煙接漢陵東流清渭
苦不盡照衰興

念遠

日月淹秦甸江湖動越吟蒼梧應露下白閣
自雲深皎皎非鸞扇翹翹失鳳簪床空鄂君
被杵冷女須砧北思驚沙鴈南情屬海禽關

山已搖落天地共登臨

過故崔兖海宅與崔明秀才話舊因寄舊僚杜趙李三掾

絳帳恩如昨烏衣事莫尋諸生空會葬舊掾已華簪共入留賓驛俱分市駿金莫憑無鬼論終負託孤心

微雨

初隨林靄動稍共夜涼分窻過侵燈冷庭虛近水聞

南山趙行軍新詩盛稱游讌之洽因寄一絶

蓮幕遥臨黑水津櫜鞬無事但尋春梁王司馬非孫武且免宫中斬美人

曲江

望斷平時翠輦過空聞子夜鬼悲歌金輿不返傾城色玉殿猶分下苑波死憶華亭聞唳鶴老憂王室泣銅駝天荒地變心雖折若比陽春意未多

景陽井

景陽宫井剩堪悲不盡龍鸞誓死期腸斷吳

王宮外水濁泥猶得葬西施

故畨禺侯以贓罪致不辜事覺毋

者他日過其門

飲鴆非君命玆身亦厚亡江陵從種橘交廣合投香不見千金子空餘數仞墻殺人須顯戮誰舉漢三章

詠雲

捧月三更斷藏星七夕明才聞飄迥路旋見隔重城潭暮隨龍九河秋墜鴈聲只應唯宋玉知是楚神名

夜出西溪

東府憂春盡西溪許日曛月澄新漲水星見欲銷雲柳好休傷別松高莫出群軍書雖倚馬猶未當能文

効長吉

長長漢殿眉窄窄楚宮衣鏡好鸞空舞簾踈鷰誤飛君王不可問昨夜約黄歸

柳

江南江北雪初消漠漠輕黄惹嫩條灞岸已攀行客手楚宮先騁舞姬腰清明帶雨臨官

道晚日含風拂野橋如線如絲正牽恨王孫歸路一何遥

九月於東逢雪

舉家忻共報秋雪墮前峯嶺外他年憶於東此日逢粒輕還自亂花薄未成重豈是驚離鬢應來洗病容

四皓廟

本爲留侯慕赤松漢庭方識紫芝翁蕭何只解追韓信豈得虛當第一功

送阿龜歸華

草堂歸意背煙蘿黃綬垂腰不奈何因汝華陽求藥物碧松根下茯苓多

九日

曾共山翁把酒時霜天白菊遶堦墀十年泉下無消息九日罇前有所思不學漢臣栽苜蓿空教楚客詠江籬郎君官貴施行馬東閣無因再得窺

僧院牡丹

葉薄風才倚枝輕霧不勝開先如避客色淺爲衣僧粉壁正蕩水緗幃初卷燈傾城唯待

笑要裂衣幾多繒

贈司勳杜十三員外

杜牧司勳字牧之清秋一首杜秋詩前身應是梁江揔名揔還曾字揔持心鐵已從干鏌利鬢絲休嘆雪霜垂漢江遠弔西江水羊祜韋丹盡有碑（時杜奉詔撰韋碑）

高花

花將人共笑籬外露繁枝宋玉臨江宅墻低不擬窺

嘲桃

無賴妖桃面平明露井東春風爲開了却擬笑春風

送豐都李尉

萬古商於地憑君泣路岐固難尋綺季可得信張儀雨氣燕先覺葉陰蟬遽知望鄉尤忌晚山晚更參差

天平公座中呈令狐令公時蔡京在坐京曾爲僧徒故有第五句

羆執霓旌上醮壇慢粧嬌樹水晶盤更深欲訴蛾眉斂衣薄臨醒玉艷寒白足禪僧思敗

道青袍御史擬休官雖然同是將軍客不敢
公然子細看

席上贈人（故桂林滎陽公席上出家奴）

淡煙微雨恣高唐一曲清聲遶畫梁料得也
應憐宋玉只應無奈楚襄王

餞席重送從叔余之梓州

莫歎萬重山君還我未還武關猶悵望何況
百牢關

訪隱

路到層峯斷門依老樹開月從平楚轉泉自

上方來薤白羅朝饌松黃暖夜杯相留笑孫
綽空解賦天台

寓興

薄宦仍多病從知竟遠遊談諧叨客禮休澣
接冥搜樹好頻移榻雲奇不下樓豈關無景
物自是有鄉愁

東南

東南一望日中烏欲逐羲和去得無且向秦
樓棠樹下每朝先覓照羅敷
歸來

舊隱無何别歸來始更悲難尋白道士不見
惠禪師草逕蟲鳴急沙渠水下遲却將波浪
眼清曉對紅梨
子直晉昌李花
吳館何時熨秦臺幾夜薰綃輕誰解卷香異
自先聞月裏誰無姊雲中亦有君鐏前見飄
蕩愁極客襟分
河清與趙氏昆季讌集得擬杜工
部
勝槩殊江右佳名逼渭川虹收青嶂雨鳥没

夕陽天客鬢行如此滄波坐眇然此中眞得
地漂蕩釣魚舩
寓目
園桂懸心碧池蓮飫眼紅此生眞遠客幾别
即衰翁小幌風煙入高窻霧雨通新知他日
好錦瑟傍朱櫳
題道靖院院在中條山故王顏中
丞所置虢州刺史捨官居此今寫
眞存焉
紫府丹城化鶴群青松手植變龍文壺中别

有仙家白嶺上猶多隱士雲獨坐遺芳成故
事褰帷舊貞似元君自憐築室靈山下徒望
朝嵐與夕曛

賦得桃李無言

夭桃花正發穠李蘂方繁應候非爭艷成蹊
不在言靜中霞暗吐香處雪潛翻得意搖風
態含情泣露痕芬芳光上苑寂默委中園赤
白徒自許幽芳誰與論

登霍山驛樓

廟列前峯迥樓開四望窮嶺聯嵐色外陂鴈

夕陽中弱柳千條露衰荷一向風壺關有狂
孽速繼老生功

寄和水部馬郎中題興德驛時昭
義巳平

仙郎倦去心鄭驛暫登臨水色瀟湘闊沙程
朔漠深鷁舟時往復鷗鳥恣浮沉更想逢歸
馬悠悠岳樹陰

題小松

憐君孤秀植庭中細葉輕陰滿座風桃李盛
時雖寂寞雪霜多後始青葱一年幾變枯榮

事百尺方資柱石功爲謝西園車馬客定悲揺落盡成空

行次昭應縣道上送戸部李郎中充昭義攻討

將軍大旆掃狂童詔選名賢贊武功暫逐虎牙臨故絳遠含雞舌過新豐魚游沸鼎知無日鳥覆危巢豈待風早勒勳庸燕石上佇光綸綍漢庭中

水齋

多病欣依有道邦南塘晏起想秋江卷簾飛鷰還拂水開戸暗虫猶打窻更閲前頭巳披卷仍斟昨來未開澆誰人爲報故交道莫惜鯉魚時一雙

奉同諸公題河中任中丞新刱河亭四韻之作

萬里誰能訪十洲新亭雲構壓中流河蛟縱翫難爲室海蜃遥驚恥化樓左右名山窮遠目東西大道鎖輕舟獨留巧思傳千古長與蒲津作勝游

過故府中武威公交城舊莊感事

信陵亭館接郊畿幽象遥通晉水祠日落高門喧鸞雀風飄大樹感熊羆新蒲似筆思投日芳草如茵憶吐時山下秪今黄絹字淚痕猶墮六州兒

贈田叟

荷蓧衰翁似有情相逢攜手遶村行燒畬曉映遠山色伐樹暝傳深谷聲鷗鳥忘機翻浹洽交親得路昧平生撫躬道直誠感激在野無賢心自驚

贈別前蔚州契苾使 使君遠祖國初功臣也

何年部落到陰陵弈世勤王國史稱夜卷牙旗千帳雪朝飛羽騎一河冰蕃兒襁負來青塚狄女壺漿出白登日晚鸊鵜泉畔獵路人遥識郅都鷹

和人題眞娘墓 眞娘吳中樂妓墓在虎丘山下寺中

虎丘山下劍池邊長遺游人歎逝川罥樹斷絲悲舞席出雲清梵想歌筵柳眉空吐傚嚬葉榆莢還飛買笑錢一自香魂招不得秪應江上獨嬋娟

人日即事

文王諭復今朝是子晉吹笙此日同舜格有苗旬太遠周稱流火月難窮鏤金作勝傳荆俗翦綵爲人起晉風獨想道衡詩思苦離家恨得二年中

春日寄懷

世間榮落重逡巡我獨丘園坐四春縱使有花兼有月可堪無酒又無人青袍似草年年定白髮如絲日日新欲逐風波千萬里未知何路到龍津

和劉評事永樂閑居見寄

白社幽閑君暫居青雲器業我全踈看封諫草歸鸞掖尚賁衡門待鶴書蓮聳碧峯關路近荷翻翠扇水堂虛自探典籍忘名利欹枕時驚落蠹魚

和馬郎中移白菊見示

陶詩只採黃金實郢曲新傳白雪英素色不同籬下發繁花疑自月中生浮杯小摘開雲毋帶露全移綴水精偏稱含香五字客從兹得地始芳榮

喜聞太原同院崔侍御臺拜兼寄

在臺三二同年之什

鵬魚何事遇屯同雲水昇沉一會中劉放未歸雞樹老鄒陽新去兔園空寂寥我對先生柳赫弈君乘御史驄若向南臺見鸎友爲傳垂翅度春風

喜雪

朔雪自龍沙呈祥勢可嘉有田皆種玉無樹不開花班扇慵裁素曹衣詎比麻鵝歸逸少宅鶴滿令威家寂寞門扉掩依俙屐跡斜人疑游麹市馬似困盐車洛水妃虛妬姑山客漫誇聯辞追許謝和曲本慙巴粉署闈全隔霜臺路漸賒此時傾賀酒相望在京華

柳枝五首 有序

柳枝洛中里娘也父饒好賈風波死湖上其母不念他兒子獨命柳枝生十七年塗粧綰髻未嘗竟已復起去吹葉嚼蘂調絲擫管作天海風濤之曲幽憶怨斷之音居其傍與其家揖故來往者聞十年尚相與疑其醉眠夢物斷不娉余從昆讓山比柳枝居爲近他日春曾陰讓山下馬柳枝南柳下詠余燕臺詩

柳枝驚問誰人有此誰人爲是讓山謂曰此吾里中少年叔耳柳枝手斷長帶結讓山爲贈叔乞詩明日余比馬出其巷柳枝丫鬟畢粧抱立扇下風鄣一袖指曰若叔是後三日鄰當去濺裙水上以博山香待與郎俱過余諾之會所友有偕當詣京師者戲盜余卧裝以先不果留雪中讓山至且曰東諸侯取去矣明年讓山復東相背於戲上因寓詩以墨其故處 云云

其一

花房與蜜脾蜂雄蛺蝶雌同時不同類那復更相思

其二

本是丁香樹春條結始生玉作彈棊局中心亦不平

其三

嘉瓜引蔓長碧玉冰 去 寒漿東陵雖五色不忍值牙香

其四

柳枝井上蟠蓮葉浦中乾錦與繡羽水陸

有傷殘

其五

畫屏繡步障物物自成雙如何湖上望只是
見鴛鴦

燕臺詩四首

風光冉冉東西陌幾日嬌魂尋不得蜜房羽
客類芳心冶葉倡條徧相識暖藹輝遲桃樹
西高鬟立共桃鬟齊雄龍雌鳳杳何許絮乱
絲繁天亦迷醉起微陽若初曙映簾夢斷聞
殘語愁將鐵網罥珊瑚海闊天翻迷處所衣

帶無情有寬窄春煙自碧秋霜白研丹擘石
天不知願得天牢鏁寃魄夾羅委篋單綃起
香肌冷襯琤琤珮今日東風自不勝化作幽
光入西海

右春

前閣雨簾愁不卷後堂芳樹陰陰見石城景
物類黃泉夜半行郎空拓彈綾扇喚風閶闔
天輕帷翠幕波淵旋蜀魂寂寞有伴未幾夜
瘴花開木緜桂宮流影光難取嫣薰蘭破輕
輕語直教銀漢墮懷中未遣星妃鎮來去濁

水清波何異源濟河水清黃河渾安得薄霧
起緗裙手接雲輧呼太君

右夏

月浪衡天天宇濕涼蟾落盡踈星入雲屏不
動掩孤嚬西樓一夜風筝急欲織相思花寄
遠終日相思却相怨但聞北斗聲迴環不見
長河水清淺金魚鏁斷紅桂春古時塵滿鴛
鴦茵堪悲小苑作長道玉樹未憐亡國人瑶
瑟愔愔藏楚弄越羅冷薄金泥重簾鈎鸚鵡
夜驚霜喚起南雲繞雲夢雙璫丁丁聯尺素

内記湘川相識處歌唇一世銜雨看可惜馨
香手中故

右秋

天東日出天西下雌鳳飛女龍寡青溪白石
不相望堂中遠甚蒼梧野凍壁霜華交隱起
芳根中斷香心死浪乗畫舸憶蟾蜍月娥未
必嬋娟子楚管蠻絃愁一槩空城罷舞腰支在
當時勸向掌中銷桃葉桃根雙姊妹破鬟矮
墮凌朝寒白玉鸞釵黃金蟬風車雨馬不持
去蠟燭啼紅怨天曙

右冬

贈送前劉五經映三十四韻

建國宜師古興邦屬上庠從來以儒戲安得振朝綱叔世何多難茲基遂已亡泣麟猶委吏歌鳳更佯狂屋壁餘無幾焚坑逮可傷挾書秦二世壞宅漢諸王草草臨盟誓區區務富強微茫金馬署狼籍鬬雞場盡欲心無竅皆如面正墻驚疑豹文鼠貪竊虎皮羊南渡宜終否西遷冀小康策非方正士貢絕孝廉郎海鳥悲鍾鼓狙公畏服裳多岐空擾擾幽室竟張倀凝邈爲時範虛空作士常何由蓋五霸直自訾三皇別泒驅揚墨他鑣並老莊詩書資破冢法制困探囊周禮仍存魯隨師果禪唐鼎新麾一舉革故法三章星宿森文雅風雷起退藏縲囚爲學切掌固受經忙夫子時之彥先生跡未荒褐衣終不召白首與難忘感激誅非聖捿遲到異粻片辭褎有德一字貶無良燕地尊鄒衍西河重卜商式閭真道在擁彗信謙光（外舅太原公亦受經於公也）獲預青衿列叨來絳帳旁雖從各言志還要大爲防勿

謂孤寒棄深憂訐直妨叔孫讒易得盜跖暴
難當鴈下秦雲黑蟬休隴葉黃莫踰巾屨念
容許後昇堂

河内詩二首

鼉鼓沉沉虬水咽秦絲不上蠻絃絕常娥衣
薄不禁寒蟾蜍夜豔秋河月碧城冷落空蒙
煙簾輕幕重金鉤欄靈香不下兩皇子孤星
直上相風竿八桂林邊九芝草短襟小鬢相
逢道入門暗數一千春願去閏年留月小梔
子交加香蓊繁停辛佇苦留待君　右一曲樓上

其二

閶門日下吳歌遠陂路綠菱香滿滿後溪暗
起鯉魚風船旗閃斷芙蓉幹輕身奉君畏身
輕雙橈兩槳樽酒清莫因風雨罷團扇此曲
斷腸唯北聲低樓小徑城南道猶自金鞍對
芳草　右一白湖中

哭遂州蕭侍郎二十四韻

遥作時多難先令禍有源初驚逐客議旋駭
黨人冤密侍榮方入司刑望愈尊皆因優詔
用實有諫書存苦霧三辰没窮陰四塞昏虎

威狐更叚隼擊鳥踰喧徒欲心存闕終遭耳屬垣遺音和蜀魄易簣對巴猿有女悲初寡無男泣過門公止裴氏一女結褵之明年又喪良人朝爭屈原草廟餒莫敖魂逈閣傷神峻長江極望翻青雲寧寄意白骨始霑恩早歲思東閤爲邦屬故園余初謁於鄭舍登舟慙郭泰解榻愧陳蕃分以忘年契情猶錫類敦公先真帝子我系本王孫肅傲張高蓋從容接短轅秋吟小山桂春醉後堂萱自歎離通籍何嘗忘叩閽不成穿壙入終擬上書論多士還魚貫云誰正駿奔蹔能誅倏忽長與問乾坤蟻漏三泉路螢啼百草根始知同秦講徵福是虛言

送千牛李將軍赴闕五十韻

照席瓊枝秀當年紫綬榮班資古直閤勳伐舊西京在昔王綱紊因誰國步清如無一戰霸安有大撗庚内豎依憑切凶門責望輕中台終惡直上將更要盟丹陛祥煙滅皇闈煞氣撗喧闐衆狙怒容易八蠻驚擣杌寬之久防風戮不行素來矜異類此去豈親征捨魯眞非策居豳未有名曾無力牧御寧待雨師

迎火箭侵乘石雲橋逼禁營何時絶刀斗不
夜見攙搶屢亦聞投鼠誰其敢射鯨世情休
念亂物議笑輕生大鹵思龍躍蒼梧失象耕
靈衣沾媿汗儀馬困陰兵別館蘭薰酷深宮
蠟焰明黃山遮舞態黑水斷歌聲縱未移周
鼎何辭免趙坑空拳轉鬬地數板不沉城且
欲憑神筭無因計力爭幽囚蘇武節棄市仲
由纓下殿言終驗增埤事早萌先時桑道茂
請修奉天城蒸雞殊減膳屑麴異和羹否極
時還泰屯餘運果亨流離幾南度蒼卒得西

平神鬼收昏黑姧兇首去聲滿盈官非督護貴
師以丈人貞覆載還高下寒暄急改更馬前
烹莽卓壇上挹韓彭扈蹕三才正迴軍六合
晴此時唯短劔仍世盡雙旌顧我由群從逢
君歎老成慶流歸嫡長貽厥在名卿隼擊須
當要鵬搏莫問程趨朝排玉座出位泣金莖
幸藉梁園賦叨蒙許氏評中郎推貴壻定遠
重時英政已標三尚人今佇一鳴長刀懸月
魄快馬駿星精披豁慙欲眷睽離動素誠蕙
留春晼晚松待歲峥嶸異縣期迴鴈登時已

餘鯖去程風刺刺別夜漏丁丁庾信生多感
楊朱死有情絃危中婦瑟甲冷想夫箏會與
秦樓鳳俱聽漢苑鸎洛川迷曲沼煙月兩心
傾

詠懷寄祕閣舊僚二十六韻

年鬢日堪悲衡茅益自嗤攻文枯若木處世
鈍如鎚敢望垂堂誠寧將暗室欺懸頭曾苦
學折臂反成醫僕御嫌夫懦孩童笑叔癡小
男方嗜栗幼女漫憂葵遇炙誰先噉逢蘆即
更吹官銜同畫餅面貌乏凝脂典籍將蠡測

文章若管窺圖形翻類狗入夢肯非羆自哂
成書簏終當呪酒巵懶霑襟上血羞鑷鏡中
絲橐籥言方喻樗蒲齒詎知事神徒惕慮佞
佛愧虛辭曲藝垂麟角浮名狀虎皮乘軒寧
見寵巢幕更逢危禮俗拘嵇喜侯王忻戴逵
途窮方結舌靜勝但搘頤糲食空彈鋏亨衢
詎置錐柏臺成口号芸閣暫肩隨悔逐遷鸎
伴誰觀擇虱時瓮間眠太率床下隱何卑奮
跡登弘閣摧心對董帷挍讎如有暇松竹一
相思

戊辰會靜中出貽同志二十韻

大道諒無外會越自登真丹元子何索在巳莫問鄰蒨璨王琳華翱翔力真君戲擲萬里火聊召六甲旬瑶簡被靈誥持府開七門金鈴攝群魔絳節何皝皝吟弄東海若倚笑芙桑春三山誠迴視九州揚一塵我本玄元胄禀華由上津中迷鬼道樂沉爲下土民託質屬太陰鍊形復爲人誓將覆宮澤安此真與神龜山有慰薦南眞爲彌綸王管會玄圃火棗承天姻科車過故氣待香傳靈芬飄飆被

青霓婀娜佩紫紋林洞何其微下仙不與群丹泥因未控萬劫猶逡巡荆蕪既以薙丹壑永無因相期保妙命騰景侍帝宸

和鄭愚贈汝陽王孫家箏妓二十韻

冰霧怨何窮秦絲嬌未已寒空煙霞高白日一萬里碧嶂愁不行濃翠遥相倚茜袖捧瓊姿皎日丹霞起孤猿耿幽寂西風吹白芷迴首蒼梧深女蘿閉山鬼荒郊白鱗斷別浦晴霞委長衿墜河心白道連地尾秦人昔富家

緑窻聞妙此鴻驚鴈皆飛象牀殊故里因令五十絲中道分宮徵斗粟配新聲娣姪徒纖指風流大堤上帳望白門裏蠹粉實雌紘燈光冷如水羌管促蠻柱徒醉吳宮耳滿內不掃眉君王對西子初花慘朝露冷臂凄愁髓一曲送連錢遠別長於死玉砌衘紅蘭粧窻結碧綺九門十二關清晨禁桃李

四年冬以退居蒲之永樂渴然有農夫望歲之志遂作憶雪又作殘雪詩各一百言以寄情于游舊

憶雪

愛景人方樂同雲候稍愆徒聞周雅什願賦朔風篇欲俟千箱慶須資六出研詠留飛絮後歌唱落梅前庭樹思瓊蘂粧樓認粉緜瑞邀盈尺日豐待兩歧年預約延枚酒虛乗訪戴船映書孤志業披氅阻神仙幾向霜堦步頻將月幌褰玉京應已足白屋但顒然

殘雪

旭日開晴色寒空失素塵遶墻全剥粉傍井漸銷銀刻獸摧鹽虎爲山倒玉人珠還猶照

魏壁碎尚留秦落日驚侵書餘光悞惜春簷冰滴鵝管屋瓦鏤魚鱗嶺霽嵐光坼松暄翠粒新擁林愁掃盡着砌恐行頻焦寢忻無患梁園去有因莫能知帝力空此荷平均

大鹵平後移家到永樂縣居書懷十韻寄劉韋二前輩二公甞於此縣寄居

驅馬遶河干家山照露寒依然五柳在況值百花殘昔去驚投筆今來分挂冠不憂懸罄乏乍喜覆盂安甑破寧迴顧舟沉豈暇看脫

身離虎口移疾就猪肝鬢入新年白顏無舊日丹自悲秋穫少誰懼夏畦難逸志忘鴻鵠清香披蕙蘭還持一盃酒坐想二公懽

河陽詩

黃龍搖溶天上來玉樓影近中天臺龍頭瀉酒客壽盃主人淺笑紅玫瑰梓澤東来七十里長溝複塹埋雲子可惜秋眸一臠光漢陵走馬黃塵起南浦老魚腥古誕真珠蜜字芙蓉篇湘中寄到夢不到衰容自去拋涼天憶得蛟絲裁小棹蛺蝶飛迴木緜薄緑繡笙囊

不見人一口紅霞夜深嚼幽蘭泣露新香死
畫圖淺縹松溪水楚絲微覺竹枝高半曲新
辭寫緜紙巴西夜市紅守宮後房點臂班班
紅堤南渴鷹自飛久蘆花一夜吹西風曉簾
串斷蜻蜓翼羅屏但有空青色玉灣不釣三
千年蓮房暗被蛟龍惜濕銀注鏡井口平鸞
釵映月寒錚錚不知桂樹在何處仙人不下
雙金莖百尺相風插重屋側近嫣紅伴柔綠
百勞不識對月郎湘竹千條爲一束

自桂林奉使江陵途中感懷寄獻

尚書

下客依蓮幕明公念竹林（公與江陵相國韶叙叔姪）縱然膺
使命何以奉徽音投刺雖傷晚酬恩豈在今
迎來新瑣闥從到碧瑤岑水勢初知海天文
始識參固慙非賈誼唯恐後陳琳前席驚虛
辱華樽許細斟尚憐秦痔苦不遣楚醪沉旣
載從戎筆仍披選勝襟瀧通伏波柱簾對有
虞琴宅與巖城接門藏別岫深閣涼松冉冉
堂靜桂森森社內容周續鄉中保展禽白衣
居士訪烏帽逸人尋侫佛將成傳躭書或類

遥長懷五羖贖終著九州箴良訊封鴛鴦餘
光借玳簪張衡愁浩浩沈約瘦愔愔蘆白疑
粘鬢楓丹欲照心歸期無鴈報旅抱有猿侵
短日安能駐低雲只有陰亂鴉衝晚網寒女
蔟遥磧東道違寧久西園望不禁江生魂黯
黯泉客淚涔涔逸翰應藏法高辭肯浪吟數
須傳庾翼莫獨與盧諶假寐憑書簏哀吟扣
釖鐔未嘗貪偃息那復議登臨彼美迴清鏡
其誰受曲針人皆向燕路無乃費黃金

送從翁從東川弘農尚書幕

大鎮初更帥嘉賓素見邀使車無遠近歸路
便煙霄穩放驊騮步高安翡翠巢愈風知有
在去國肯無聊早忝諸孫末俱從小隱招心
懸紫雲閣夢斷赤城標素女悲清瑟秦娥弄
碧簫山連玄圃近水接絳河遥豈意聞周鐸
翻然慕舜韶皆辭喬木去遠逐斷蓬飄薄俗
誰其激斯民已甚恌鸞皇期一舉燕雀不相
饒敢共頹波遠因之內火燒是非過別夢時
節慘驚飆未至誰能賦中乾欲病痟屢曾紆
錦繡勉欲報瓊瑶我恐霜侵鬢君先綬挂腰

錦繡包欲求瘦無投怨諸侵讀乏先幾往服
印將諸疆未至鐵中乾翁滴瀝雷對
勵庸大禍後窺國內火荒是非過別時
諱眞淑斯民已其洮驚皇與一共誰濟相
朔路奏禾皆辭鶴木吉違斷風評路格
語鶯出連支過迹水接御河莊音間潭
縣然思圖要斷赤城標存奇眞言秦燕舂
在去國肯無聊早赤名諸侯未俱從小隱招心
便憑霄漢鷙故彈翮赤高安得巢鳳知有
大鎮初更帥嘉賓素見邀使車無遠近歸路

送從翁從東川弘農尚書幕

其爲受曲針入治向燕路無乃費黃金
約彈未當貪憶息那復議從臨谷美遍青音
須傳事更選莫溺與盧緩喉淡書籬京兮扣
璽泉容淚湯邊路應藏法高離百兒兮數
萬遙疏東道進文西圖望不禁江生瑟贈
疏日安能睡依雲只有傳亂鳴衝激細寒文
桔寶楓升欲服公歸期無瀟游海方孫優
光揩歌張淹慈浩浩鴛沈游戾揺歸盧白疑
湿東瀾舟登鎮歸燕業九州澈見角軼蕭秦餘

甘心與陳阮揮手謝松喬錦里差隣接雲臺閉寂寥一川虛月魄萬崦自芝苗瘴雨瀧間急離魂峽外銷非關無燭夜其柰落花朝幾處逢鳴珮何筵不翠翹蠻僮騎象舞江市賣蛟綃南詔知非敵西山亦屢驕勿貪佳麗地不爲聖明朝少減東城飲時看北斗杓莫因乖別久遂逐歲寒凋盛幕開高宴將軍問故寮爲言公玉季早日棄漁樵

李肱所遺畫松詩書兩紙得四十韻

萬草已涼露開圖披古松青山偏蒼海此樹生何峯孤根邈無倚直立撑鴻濛端如君子身挺若壯士胷樛枝勢夭矯忽欲蟠拏空又如驚螭走默與奔雲逢孫枝擢細葉猗旎狐裘茸鄒顛蓐髮軟麗(如字)姬眉黛濃視久眩目睛倏忽變輝容竦削正稠直婀娜旋敷峯又如洞房冷翠被張穹籠亦若暨羅女平旦粧顏容細疑襲氣母猛若爭神功燕雀固寂寂霧露常衝衝重蘭媿傷暮碧竹慙空中可集呈瑞鳳堪藏行雨龍淮山桂偃蹇蜀郡桑重

童枝修亮眇脆靈氣何由同昔聞咸陽帝近
說嵇山儂或著佳人号或以大夫封終南與
青都煙雨遥相通安知夜夜意不起西南風
美人昔清興重之由月鍾寶笥十八九香緹
千萬重一旦鬼瞰室稠疊張纛壘赤羽中要
害是非皆忩忩生如碧海月死踐霜郊蓬平
生握中翫散失隨奴僮我聞照妖鏡及與神
釼鋒寓身會有地不爲凡物蒙伊人秉茲圖
顧眄擇所從而我何爲者開懷捧靈蹤報以
漆鳴琴懸之真珠櫳是時方暑夏座内若嚴

冬憶昔謝四騎學仙王陽東千株盡若此路
入瓊瑤宫口詠玄雲歌手把金芙蓉濃藹深
霓袖色映琅玕中悲哉墮世網去之若遺弓
形魄天壇上海日高瞳瞳終期紫鸞歸持寄
扶桑翁

戲題樞言草閣三十二韻

君家在河北我家在山西百歲本無業陰陰
仙李枝尚書文與武戰罷幕府開君從渭南
至我自仙游來平昔苦南北動成雲雨乖逮
今兩攜手對若床下鞵夜歸碣石館朝上黃

金臺我有苦寒調君抱陽春寸年顏各少壯
髮綠齒尚齊我雖不能飲君時醉如泥政靜
籌畫簡遑食多相攜掃掠走馬路整頓射雉
翳春風二三月柳密鶯正啼清河在門外上
與浮雲齊歃冠調玉琴彈作松風哀又彈明
君怨一去怨不迴感激坐者泣起視鴈行低
翻憂龍山雷却雜胡沙飛仲容銅琵琶項直
聲淒淒上貼金捍撥畫爲承露雞君時卧棖
觸勸客白玉盃苦云年光疾不飲將安歸我
賞此言是因循未能諧君言中聖人坐卧莫
我違榆莢亂不整楊花飛相隨上有白日照
下有東風吹青樓有美人顏色如玫瑰歌聲
入青雲所痛無良媒少年苦不久顧慕良難
哉徒令貞珠肶裛入珊瑚腮君今且少安聽
我苦吟詩古詩何人作老大猶傷悲

偶成轉韻七十二句贈四同舍

沛國東風吹大澤蒲青柳碧春一色我來不
見隆準人瀝酒空餘廟中客征東同舍鴛與
鸞酒酣勸我懸征鞍藍山寶肆不可入玉中
仍是青琅玕武威將軍使中俠少年箭道驚

乃是青州羽林將軍使中來少年滿道鬬
鸞酒酬勤我幾征鞍監山寶轉不可入王中
見陛津入歷酒空餘商中客征東同舍鶯與
浦國東風吹大澤蒲青柳暑春一色我來不

偶成轉韻十二句贈四同舍

我苦今詩古詩何入作者大雅傷悲
我從今真珠映莫入珊瑚照君今且少安聽
入青雲所滿無良媒少年苦不久顛莫良鍾
下有東風吹青樓有美人顏色如玫瑰歌聲
我遙榆莢亂不盡楊花飛相隨上有白日照

李下　三十

賞此言是因循未能請君言中聖人坐卧莫
謝勸客白玉盃苦云年光疾不飲將安歸我
聲傳上與金埒機盡為承露雞君時卧床
詣真龍山雷却雜胡沙飛仲容銅琵琶項直
君從一去不迴感激坐者泣起視鴈行低
與浮雲齊歌舒調玉琴彈作松風哀又彈明
謂春風三月柳絮鷰正啼清河在門外上
書畫商邊會多相攜歸涼夫馬路藍頭射雉
綠旅齒尚齊我雖不能飲君時醉如泥政詩
金臺我有苦寒調君抱陽春才年顏各少壯

楊葉戰功高後數文章憐我秋齋夢蝴蝶詰
旦九門傳奏章高車大馬來煌煌路逢鄒枚
不暇揖臘月大雪過大梁憶昔公爲會昌宰
我時入謁虛懷待衆中賞我賦高堂迴看屈
宋由年輩公事武皇爲鐵冠歷廳請我相所
難我時顦顇在書閣臥枕芸香春夜闌明年
赴辟下昭桂東郊慟哭辭兄弟韓公堆上跋
馬時迴望秦川樹如薺依稀南指陽臺雲鯉
魚食鉤猿失群湘妃廟下江春盡虞帝城前初
日曛謝游橋上澄江館下望山城如一彈鷓

鴣聲苦曉驚眠朱槿花嬌晚相伴頃之失職
辭南風破帆壞槳荆江中斬蛟破壁不無意
平生自許非怱怱歸來寂寞靈臺下著破藍
衫出無馬天官補吏府中趨玉骨瘦來無一
把手封狴牢屯制囚直廳印鎖黃昏愁平明
赤帖使脩表上賀嫖姚收賊州舊山萬仞青
霞外望見扶桑出東海愛君憂國去未能白
道青松了然在此時聞有燕昭臺挺身東望
心眼開且吟王粲從軍樂不賦淵明歸去來
彭門十萬皆雄勇首戴公恩若山重廷評日

下握靈蛇書記眠時吞綵鳳之子夫君鄭與裴何生謝舅當世才青袍白簡風流極碧沼紅蓮傾倒開我生麁踈不足數梁父哀吟鴝鵒舞橫行闊視倚公憐狂來筆力如牛弩借酒祝公千萬年吾徒禮分常周旋收旗卧鼓相天子相門出相光青史

今月二日不自量度輙以詩一首四十韻干瀆尊嚴伏蒙仁恩俯賜披覽奬踰其實情溢於辭顧惟踈蕪曷用酬戴輙復五言四十韻詩

一章獻上亦詩人詠嘆不足之義也

家擅無雙譽朝居第一功四時當首夏八節應條風滌濯臨清濟巉巖倚碧嵩鮑壺冰皎潔王佩玉丁東摯虞決録要注云漢末絶無玉佩侍中王粲識舊佩始復作之今玉佩受法於粲也故云處劇張京兆通經戴侍中將星臨迥夜卿月麗層穹下令銷秦盜高談破宋聾舍霜太山竹拂霧嶧陽桐樂道乾知退當官蹇匪躬服箱青海馬入兆渭川熊固是符真宰徒勞讓化工鳳池春瀲灧雞樹曉曈曨顒

守三章約期嘗九譯通薰琴調大舜寶瑟和
神農慷慨資元老周旋值狄童仲尼羞問陣
魏絳喜和戎欵欵將除蠹孜孜欲達聰所求
因渭濁安肯與雷同物議將調鼎君恩忽賜
弓開吴相上下全蜀占西東鋭卒魚懸餌豪
胥鳥在籠疲民呼杜母隣國仰羊公置驛推
東道安禪合北宗嘉賔增重價上士悞真空
扇舉遮王導樽開見孔融烟飛愁舞罷塵定
惜歌終岸柳兼池緑園花映燭紅未曾周顗
醉轉覺季心恭繫滞喧人望便蕃屬聖衷天

書何日降庭燎幾時烘早歲乖投刺今晨幸
發蒙遠塗哀跛鼈薄藝奬彫虫故事曾尊隗
前脩有薦雄終須煩刻畫聊擬更磨礲蠻嶺
晴留雪巴江晚帶楓營巢憐越鷰裂帛待燕
鴻自苦誠先蘗長飄不後蓬容華雖少健思
緒即悲翁感激淮山館優游碣石宫待公三
入相丕祚始無窮

五言述德抒情詩一首四十韻獻

上杜七兄僕射相公

帝作黄金闕仙開白玉京有人扶太極維岳

[illegible]

五言述德抒情詩一百四十韻獻

上柱國司徒鄭相公

帝命黃金闕山開白玉京[illegible]

[illegible]

降元精耿賈官勳大荀陳地望清旂常懸祖
德甲令著嘉聲經出宣尼壁書留晏子楹武
鄉傳陣法踐土主文盟自昔流王澤由來伏
國楨九河分合沓一柱忽崢嶸得主勞三顧
驚人肯再鳴碧虛天共轉黃道日同行後飲
曹參酒先和傅說羹即時賢路闢此夜太階
平願保無疆福將圖不朽名率身期濟世叩
額慮興兵感念崤屍露咨嗟趙卒坑儻令安
隱忍何以贊真明悪草雖當路寒松實挺生
人言真可畏公意本無爭故事留臺閣前驅

且旆旌芙蓉王儉府楊柳亞夫營清嘯頻踈
俗高談屢析酲過庭多令子乞墅有名甥南
詔應聞命西山莫敢驚寄辭收的博端坐掃
攙槍雅宴初無倦長歌底有情檻危春水暖
樓迥雪峯晴移席牽湘蔓迴橈撲絳英誰知
杜武庫只見謝宣城有客趨高義于今滯下
卿登門慙後至置驛恐虛迎自是依劉表安
能比老彭彫龍心已切畫虎意何成豈省曾
黔突徒勞不倚衡乘時乖巧宦占象合艱貞
廢忘淹中學遲迴谷口耕悼傷潘岳重樹立

馬遷輕隴鳥悲丹觜湘蘭怨紫莖歸期過舊歲旅夢繞殘更弱植叨華族衰門倚外兄欲陳勞者曲未唱淚先橫

驕兒詩

衮師我驕兒美秀乃無匹文葆未周晬固已知六七四歲知姓名眼不視梨栗交朋頗窺觀謂是丹穴物前朝尚器貌流品方第一不然神仙姿不尒燕鶴骨安得此相謂欲慰衰朽質青春研和月朋戲渾甥姪繞堂復穿林沸若金鼎溢門有長者來造次請先出客前問所須含意不吐實歸來學客面闖敗秉爺笏或謔張飛胡或笑鄧艾吃豪鷹毛崱(化力反)屴(良直反)猛馬氣佶傈(離直反)截得青篔(于君反)簹騎走恣唐突忽復學叅軍按聲喚蒼鶻又復紗燈旁稽首礼夜佛仰鞭罥蛛網俯首飲花蜜欲爭蛺蝶輕未謝柳絮疾階前逢阿姊六甲頗輸失凝走弄香奩拔脫金屈戌抱持多反倒威怒不可律曲躬牽窻網衉唾拭琴漆有時看臨書挺立不動膝古錦請裁衣玉軸亦欲乞請耶書春勝春勝宜春日芭蕉斜卷

戕辛夷低過筆耶昔好讀書懇苦自著述顛
頹欲四十無肉畏蚤虱兒愼勿學耶讀書求
甲乙穰苴司馬法張良黃石術便爲帝王師
不假更纖悉況今西與北羌戎正狂悖誅赦
兩未成將養如探疾兒當速成大痼鶵入虎
窟當爲萬戶侯勿守一經袠

行次西郊作一百韻

蛇年建午月我自梁還秦南下大散嶺北濟
渭之濱草木半舒坼不類氷霜晨又若夏苦
熱燋卷無芳津高田長檞櫪下田長荆榛農

具棄道旁飢牛死空墩依依過村落十室無
一存存者皆面啼無衣可迎賓始若畏人問
及門還具陳右輔田疇薄斯民常苦貧伊昔
稱樂土所賴牧伯仁官清若氷玉吏善如六
親生兒不遠征生女事四隣濁酒盈瓦缶爛
穀堆荆囷健兒庇旁婦衰翁舐童孫況自貞
觀後命官多儒臣例以賢牧伯徵入司陶鈞
降及開元中姦邪撓經綸晉公忌此事多録
邊將勳因令猛毅輩雜牧昇平民中原遂多
故除授非至尊或出幸臣輩或由帝戚恩中

原困屠解奴隸猒肥豚皇子棄不乳椒房抱羗渾重賜竭中國強兵臨北邊控弦二十萬長臂皆如猿皇都三千里來往同彫鳶五里一換馬十里一開筵指顧動白日煖熱迴蒼旻公卿辱嘲叱唾棄如糞丸大朝會萬方天子正臨軒綵旂轉初旭玉座當祥煙金障既持設珠簾亦高褰捋須蹇不顧坐在御榻前誤者死艱屨附之昇頂顛華侈矜遞衒豪俊相併吞因失生惠養漸見徵求頻奚寇西北來揮霍如天翻是時正忘戰重兵多在邊列城遶長河平明插旗幡但聞虜騎入不見漢兵屯大婦抱兒哭小婦攀車轓生小太平年不識夜閉門少壯盡點行疲老守空村生分作死誓揮淚連秋雲廷臣例麞怯諸將如羸奔為賊掃上陽捉人送潼關玉輦望南斗未知何日旋誠知開闢久遘此雲雷屯送者問鼎大存者要高官搶攘互間諜孰辨梟與鸞千馬無返轡萬車無還轅城空雀鼠死人去豺狼喧南資竭吳越西費失河源因令右藏庫摧毀惟空垣如人當一身有左無右邊筋

體半痿痺肘腋生臊膻列聖蒙此耻含懷不
能宣謀臣拱手立相戒無敢先萬國困杼軸
内庫無金錢健兒立霜雪腹歉衣裳單饋餉
多過時高估銅與鉛山東望河北爨烟猶相
聯朝廷不暇給辛苦無半年行人搉行資居
者稅屋椽中間遂作梗狼籍用戈鋋臨門送
節制以錫通天班破者以族滅存者尚遷延
禮數異君父羈縻如羗零直求輸赤誠所望
大體全巍巍政事堂宰相猒八珍敢問下執
事今誰掌其權瘡疽幾十載不敢扶其根國

蹙賦更重人稀役彌繁近年牛醫兒城杜更
板緣盲目把大旆處此京西藩樂禍忘怨敵
樹黨多狂猘生爲人所憚死非人所憐快刀
斷其頭列若猪牛懸鳳翔三百里兵馬如黄
巾夜半軍牒來屯兵萬五千鄉里駭供億老
少相扳牽兒孫生未孩棄之無慘顏不復議
所適但欲死山間尔來又三歲甘澤不及春
盜賊亭午起問誰多窮民節使殺亭吏捕之
恐無因咫尺不相見旱久多黄塵官健腰佩
弓自言爲官巡常恐值荒迥此輩還射人媿

客問本末願客無因循鄘塢抵陳倉此地忌黄昏我聽此言罷冤憤如相焚昔聞舉一會群盜爲之奔又聞理與亂繫人不繫天我願爲此事君前剖心肝叩額出鮮血滂泥汚紫宸九重黯已隔涕泗空沾脣使典作尚書廝養爲將軍慎勿道此言此言未忍聞

井泥四十韻

皇都依仁里西北有高齋昨日主人氏治井堂西陲工人三五輩出土與泥到水不數尺積共庭樹齊它日井甃畢用土益作堤曲

隨林掩映繚以池周迴下去冥寞穴上承雨露滋寄辭別地脉因言謝泉扉昇騰不自意疇昔忽已乖伊余掉行鞅行行來自西一日下馬到此時芳草萋四面多好樹旦暮雲霞姿晚落花滿池幽鳥鳴何枝蘿幄旣已薦山樽亦可開待得孤月上如與佳人來因之感物理惻愴平生懷茫茫此群品不定輪與蹄喜得舜可禪不以瞽瞍疑禹竟代舜立其父吁咈哉嬴氏并六合所來因不韋漢祖把左契自言一布衣當途佩國璽本乃黄門攜長

戟亂中原何妨起我氏不獨帝王耳臣下亦如斯伊伊佐興王不籍漢父資磻溪老釣叟坐爲周之師屠狗與販繒突起定傾危長沙啓封土豈是出程啞帝問主人翁有自負珠兒武昌昔男子老苦爲人妻蜀王有遺魄今在林中啼淮南雞舐藥翻向雲中飛大鈞運群有難以一理推顧於冥冥內爲問秉者誰我恐更萬世此事愈去爲猛虎與雙翅更以角副之鳳凰不五色聯翼上雞栖我欲秉鈞者揭來與我偕浮雲不相顧寥泬誰爲梯悒怏夜叅半但歌井中泥

續新添二十六首

夜思

銀箭耿寒漏金釭凝夜光綵鸞空自舞別鸞不相將寄恨一尺素含情雙玉璫會前猶月在去後始宵長往事經春物前期託報章永令虛牀枕長不掩蘭房覺動迎猜影疑來浪認香鶴應聞露警蜂亦爲花忙古有陽臺夢今多下蔡倡何爲薄氷雪消瘦滯非鄉

思賢頓

思賢續

今夕下來佰何為漢水雪流波無非源

認香鵜應開露語樂亦為花古有遇臺愛

令虛樂机長不梅蘭元覺動迎猶影流來浪

在去後始背長往事經春物前期詩華章示

不相特舍根一又素合情與王當會前禍月

讓前取實流金錢藏宜光綵鸞在自舞別為

夜思

續新添二十六首

換夜添平但歌并中況

卒下　四

者福來與我借淨雲不相顧家宗語為梅留

箭副之鳳風不王色縣異上雜而我從東納

我恐更為世比事愈大為插花與實暮更以

群有難以一理誰顧於真宜內為問東君論

在林中帝誰南雞就樂曲向雪中飛大為運

見宗呂昔日乎來苦為人喪調王有遺遇令

啟封土岂是世經帝問主人往有自愛來

米然周次歸原物與服鋪家夫究滴流求沙

安期伊伺佐與王不籍漢父資播深去給典

鼓說中原何妨夜我凡不獨帝王耳臣下亦

内殿張絃管中原絕鼓鼙舞成青海馬鬬殺
汝南雞不見華胥夢空聞下蔡迷宸襟它日
淚薄暮望賢西

無題

萬里風波一葉舟憶歸初罷更夷猶碧江地
没元相引黃鶴沙邊亦少留益德冤魂終報
主阿童高義鎮横秋人生豈得長無謂懷古
思鄉共白頭

有懷在蒙飛卿

薄宦頻移疾當年久索居哀同庾開府瘦極
沈尚書城綠新陰遠江清返照虚所思惟翰

墨從古待雙魚

春深脫衣

睥睨江鴉集堂皇海燕過減衣憐蕙若展鄣
動煙波日烈憂花甚風長奈柳何陳遵容易
學身世醉時多

懷求古翁

何時粉署仙傲兀逐戎旃開塞由傳箭江湖
莫繫舩欲收棊子醉竟把釣車眠謝朓真堪
憶多才不忌前

五月六日夜憶往歲秋與澈師同宿

紫閣相逢處丹巖議宿時墮蟬翻敗葉棲鳥定寒枝萬里飄流遠三年問訊遲炎方憶初地頻夢碧琉璃

城上

有客虛投筆無寥獨上城沙禽失侶遠江樹着陰輕邊遽稽天討軍須竭地征賈生游刃極作賦又論兵

江上憶嚴五廣休

征南幕下帶長刀夢筆深藏五色豪逢着澄江不敢詠鎮西留與謝功曹

如有

如有瑶臺客相難復索歸芭蕉開緑扇菡萏薦紅衣浦外傳光遠煙中結響微良宵一寸艷回首是重幃

朱槿花

蓮後紅何患梅先白莫誇纔飛建章火又落赤城霞不卷錦步鄣未登油壁車日西相對罷休澣向天涯

西北朝天路登臨思上才城閑煙草遍村暗
雨雲回人豈無端別猿應有意哀征南子更
遠吟斷望鄉臺

寓懷

綵鸞飡顥氣威鳳食卿雲長養三清境追隨
五帝君煙波遺汲汲矰繳任云云下界圍黃
道前程合紫氛金書唯是見玉管不勝聞草
爲迴生種香緣却死薰海明三島見天逈九
江分搴樹無勞援神禾豈用耘鬬龍風結陣
惱鶴露成文漢殿霜何早秦宮日易曛星機

抛密緒月杵散靈氛陽鳥西南下相思不及群

木蘭

二月二十二木蘭開拆初初當新病酒復自
久離居愁絕更傾國驚新聞遠書紫絲何日
郭油壁幾時車弄粉知傷重調紅或有餘波
痕空映襪煙態不勝裾桂嶺含芳遠蓮塘屬
意疎瑤姬與神女長短定何如

細雨成詠獻尚書河東公

洒砌聽來響卷簾看已迷江間風暫定雲外
日應西稍稍落蝶粉班班融燕泥颸萍初過

沼重柳更緑堤必擬和殘漏寧無晦暝鼙半
將花漠漠全共草萋萋猿别方長嘯烏驚始
獨摟府公能八詠聊且續新題

病中聞河東公樂營置酒口占寄

上

聞駐行春旆中途賞物華縁憂武昌柳遂憶
洛陽花稽鶴元無對荀龍不在誇只將滄海
月長壓赤城霞興欲傾燕館歡於到習家風
長應側帽（獨孤景公信擧止風流常風吹帽傾觀者滿路）路隘豈容車（相逢
狹路間路隘不容車）樓逈波窺錦窻虛日弄沙鏁門金了

鳥展障王鴉又舞妙從兼楚歌能莫雜巴必
投潘岳果誰叅祢衡撾（祢處士擊鼓能爲漁陽叅撾）刻燭當
時忝傳杯此夕賒可隣漳浦卧愁緒獨如麻

回中牡丹爲雨所敗二首

下苑他年未可追西州今日忽相期水亭暮
雨寒猶在羅薦春香暖不知舞蝶殷勤收落
蘂有人惆悵卧遥帷章臺街裏芳菲伴且問
宮腰損幾枝

又

浪笑榴花不及春先期零落更愁人玉盤迸

淚傷心數錦瑟驚絃破夢頻萬里重陰非舊圃一年生意屬流星前溪舞罷君迴顧併覺今朝粉態新

擬意

悵望逢張女遲迴送阿侯空看小垂手忍問大刀頭妙選茱萸帳平居翡翠樓雲屏不取暖月扇未障羞上掌真何有傾城豈自由楚妃交薦枕漢后共藏鬮夫向羊車覓男從鳳穴求書成祓禊帖唱殺畔牢愁夜杵鳴江練春刀解若榴象牀穿幰網犀帖釘窻油仁壽

遺明鏡陳倉拂綵毬真防舞如意佯蓋卧箜篌濯錦桃花水濺裙杜若洲魚兒懸寶釵鸞子合金甌銀箭摧搖落華筵慘去留幾時銷薄怒從此抱離憂帆落啼猿峽樽開盡鷁舟急絃腸對斷剪蠟淚爭流壁馬誰能帶金虫不復收銀河撲醉眼珠串咽歌喉去夢隨川后來風貯石郵蘭叢銜露重榆莢點星稠解佩無遺跡淩波有舊遊曾来十九首 私識詠牽牛

謝往桂林至彤庭竊詠

辰象森羅正鈎陳翊衛寛魚龍排百戲釼珮儼千官城禁將開晚宮深欲曙難月輪移枍詣仙路下欄干共賀高禖應將陳壽酒歡金星墬芒角銀漢轉波瀾王母来空闊羲和上屈盤鳳凰傳詔旨獬豸冠朝端造化中台座威風大将壇甘泉猶望幸早晚冠呼韓

燒香曲

鈿雲蟠蟠牙比魚孔雀翅尾蛟龍鬚漳宮舊樣博山鑪楚嬌捧笑開芙蕖八蠶繭緜小分炷獸餤微紅隔雲母白天月澤寒未冰金虎含秋向東吐玉珮呵光銅照昏簾波日暮衝斜門西来欲上茂陵樹栢梁已失裁桃䰟露庭月井大紅氣輕衫薄細當君意蜀殿瓊人伴夜深金鑾不問殘燈事何當巧吹君懷度襟灰爲土塡清露

送從翁東川弘農尚書幕

昔帝迴沖眷維皇惻上仁三靈迷赤氣萬彙叫蒼旻刊木方隆禹陞陑始創殷夏臺曾圯閉汜水敢逡巡拯弱休規步防虞要徙薪烝藜今得請宇宙昨還淳纘祖功宜急貽孫計

甚勤降災雖代有稔惡不無因宮掖方爲蠱
邊隅忽邅迍獻書秦逐客間諜漢名臣北伐將
誰使南征決此辰中原重板蕩玄象失鈎陳
詰旦違清道銜枚別紫宸茲行殊獸勝故老
遂分新去異封於輦来寧避處凾永嘉幾失
墜宣政遽酸辛元子當傳啓皇孫合授詢時
非三指讓表請再陶鈞舊好盟還在中樞策
屢遵蒼黃傳國璽違遠屬車塵鷄虎如憑怒
豢龍徃漫馴封崇自何等流落乃斯民逗撓
官車亂優容敗將頻早朝披草莽夜縋逹絲

綸忘戰追無及長驅氣益振婦言終未易廟
略況非神日馭難淹蜀星旄要定秦人心誠
未去天道亦無親錦水湔雲浪黃山掃地春
斯文虛夢鳥吾道欲悲麟斷續殊鄉淚存亡
滿席珍魂銷季羔竇衣化子張紳建議庸何
所通班昔濫臻浮生見開泰獨得詠汀蘋

晉昌晚歸馬上贈

男多侵路去恨有礙燈還嗅自微微白看成
沓沓夥坐疑忘物外歸去有簾間君問傷春
句千辭不可删

哭虔州楊侍郎 虞卿

漢網疎仍漏齊民困未蘇如何大丞相翻作弛刑徒中憲方外易（史記云商鞅多左建外易）尹京終就拘本矜能弭謗先議取非辜巧有凝脂密功無一柱扶深知獄吏貴幾迫季冬誅叫帝青天闊辭家白日晡流亡誠不弔神理若爲誣在昔恩知忝諸生禮秩殊入韓非釼客過趙受鉗奴楚水招魂遠邛山卜宅孤甘心親垤蟻旋踵戮城狐（是冬舒李伏易）陰騭今如此天災未可無莫憑牲玉請便望救焦枯

寄太原盧司空三十韻

隋艦臨淮甸唐旗出井陘斷鼇榰四柱卓馬濟三靈祖業隆盤古孫謀復太庭從來師傑後可以煥丹青舊族開東岳雄圖奮北溟邪同獬豸觸樂伴鳳凰聽酣戰仍揮日降妖亦鬬霆將軍功不伐叔舅德惟馨雞塞誰生事狼煙不暫停擬填滄海鳥敢覓太陽螢內草纔傳詔前茅已勒銘那勞出師表盡入大荒經德水縈長帶陰山繚畫屏只憂非綮肯未覺有膻腥保佐資沖漠扶持在杳冥乃心防

覺有靈照保佑資中莫抹持在否真乃公訪

經德水濛未帶陰山繚盡因源只憂非深音來

續傳語前年已勒銘邪遂出師表盡入大荒

狼煙不暫停撫搖滄海島斂翼大鵬內卓

關雲將軍功不枉叔勇德備潛書雜寓誼重

同鄉多鷗樂伴鳳凰聽西巢仍渾日降如亦

仗可以換丹青舊族開東岳海圖奮北溟邪

濟三靈祖業隆盤古孫謀復太庭從來師保

陪瀛臨淮句廣漢出井陘斷鶴指四梓車馬

吾太原盧同空三十韻

寄 吴人

無莫戀往王請便宜枚集枯

旋運變滅亦詩隱令如此大人未可

鉗奴生水指魏遂印山下宅承甘心觀達議

吉恩知本諸生禮秋珠入韓非紛容過填夜

問辭家白日帥流亡詠不市神理吉名臨在

一往林深獄東貴幾迫李入謀來叫介青天

本務能拜詩先義取非章巧有流陷空功無

施河流中宮方外易京然號詔

漢酒陳仍酒齊民困未蘇如向大天相諸祚

吳虔河橋寺郎 虔

暗室華髮稱明星按甲神初靜揮戈思欲醒羲之當妙選（小弟羲叟早蒙眷以嘉姻）孝若近歸寧（三十五丈名府高科來歸勝）月色来侵幌詩成有轉檽羅含黃菊宅柳惲白蘋汀神物龜酬孔仙才鶴姓丁西山童子藥南極老人星自頃徒窺管于今愧挈瓶何由叨末薦還得叩玄扃莊叟虛悲鴈終童漫識鼮幕中雖策畫釼外且伶俜俁俁行忘止鰥鰥臥不瞑身應瘠於魯淚欲溢爲滎禹貢思金鼎堯圖憶土鉶公乎來入相王欲駕云亭

安平公詩（故贈尚書韓氏）

丈人博陵王名家怜我總角稱才華華州留語曉至暮高声喝吏放兩衙明朝騎馬出城外送我習業南山阿仲子延岳年十六面如白玉欹烏紗其弟炳章猶兩丱瑤林瓊樹含奇花陳留阮家諸姪秀邐迤出拜何騈羅府中從事杜與李麟角虎翅相過摩清詞孤韻有歌響擊觸鍾磬鳴環珂三月石堤凍銷釋東風開花滿陽坡時禽得伴戲新木其聲尖咀如鳥梭公時載酒領從事踴躍鞍馬來相

過仰看樓殿撮清漢坐視世界如恒沙面熱
脚掉玄登陟青雲表柱白雲崖一百八句在
貝葉三十三天長雨花長者子來輒獻蓋辟
支佛去空留鞾公時受詔鍾東魯遺我草詔
隨車牙頤我下筆即千字疑我讀書傾五車
嗚噓大賢若不壽時世方士無靈砂五月至
上六月病遽頽泰山驚逝波明年徒步弔京
國宅破子毀哀如何西風衝戶卷素帳隙光
斜照舊燕巢古人常歎知已少況我淪賤艱
虞多如公之德世一二豈得無淚如黃河瀝
膽呪願天有眼君子之澤方滂沱

李商隱詩集卷下

圖書在版編目（CIP）數據

景宋鈔本李商隱詩集 /（唐）李商隱撰. -- 揚州 : 廣陵書社, 2024.6
ISBN 978-7-5554-2320-1

Ⅰ. ①景… Ⅱ. ①李… Ⅲ. ①唐詩一詩集 Ⅳ. ①I222.742

中國國家版本館CIP數據核字(2024)第094720號

景宋鈔本李商隱詩集

撰者 〔唐〕李商隱
責任編輯 徐大軍
出版人 劉 棟
出版發行 廣陵書社
社址 揚州市四望亭路2-4號
郵編 二二五〇〇一
電話 （〇五一四）八五二二八〇八一（總編辦）
八五二二八〇八八（發行部）
印刷 揚州文津閣古籍印務有限公司
版次 二〇二四年六月第一版
印次 二〇二四年六月第一次印刷
標準書號 ISBN 978-7-5554-2320-1
定價 伍佰捌拾圓整（全叁册）

http://www.yzglpub.com E-mail:yzglss@163.com